W9-CTU-924

Téa, la fée des tulipes

Pour Lily Grace Evans
qui croira toujours aux fées

Un merci spécial à Sue Mongredien

Catalogage avant publication de
Bibliothèque et Archives Canada

Meadows, Daisy
Téa, la fée des tulipes / Daisy Meadows ;
texte français d'Isabelle Montagnier.

(L'arc-en-ciel magique. Les fées des fleurs ;
1) Traduction de : Tia the tulip fairy.
ISBN 978-1-4431-1622-0

I. Montagnier, Isabelle II. Titre. III. Collection: Meadows, Daisy.
Arc-en-ciel magique. Les fées des fleurs ; 1.

PZ23.M454Tea 2012   j823'.92   C2011-905755-7

Copyright © Rainbow Magic Limited, 2007.
Copyright © Éditions Scholastic, 2012, pour le texte français.
Tous droits réservés.

Il est interdit de reproduire, d'enregistrer ou de diffuser, en tout ou en partie,
le présent ouvrage par quelque procédé que ce soit, électronique, mécanique,
photographique, sonore, magnétique ou autre, sans avoir obtenu au
préalable l'autorisation écrite de l'éditeur. Pour toute information concernant
les droits, s'adresser à Rainbow Magic Limited, HIT Entertainment,
830 South Greenville Avenue, Allen, TX 75002-3320, É.-U.

Édition publiée par les Éditions Scholastic,
604, rue King Ouest, Toronto (Ontario) M5V 1E1

6 5 4 3 2   Imprimé au Canada 139   13 14 15 16 17

RECYCLÉ
Papier fait à partir
de matériaux recyclés
FSC
www.fsc.org   FSC® C103567

Téa, la fée des tulipes

Daisy Meadows

Texte français d'Isabelle Montagnier

Éditions
SCHOLASTIC

Le palais
du Royaume
des fées

Le Manoir
aux cerisiers

Le Jardin des fées

Le village de
Tremble-Feuille

Le pavillon des visiteurs

Le château
de glace du
Bonhomme
d'Hiver

Le lac de
la Belle-Rive

L'aire de pique-nique

Le parc

Le magasin
Foison de fleurs

Grande rue de
Fleuronville

Les jardins des chutes
de l'arc-en-ciel

Les floralies du château

Pour que les jardins de mon palais glacé
soient parés de massifs colorés,
j'ai envoyé mes habiles serviteurs
voler les pétales magiques des fées des fleurs.

Contre elles, les gnomes pourront utiliser
ma baguette magique aux éclairs givrés
afin de me rapporter
tous ces beaux pétales parfumés.

TABLE DES MATIÈRES

Le Jardin des fées

Accompagnée de son amie Karine Taillon, Rachel Vallée explore les jardins du Manoir aux cerisiers. C'est dans ce vieil hôtel que les fillettes passent le congé de mars avec leur parents.

— Je crois que le Jardin des fées est par là, dit Rachel en montrant un portail en fer forgé.

Ce matin, au déjeuner, la propriétaire des lieux, Mme Forestier, leur a raconté que cette grande maison ancienne possédait un jardin très spécial : le Jardin des fées! Il n'en fallait pas plus pour capter l'attention des deux fillettes. Après tout, elles savent beaucoup de choses sur les fées, car elles sont amies avec elles!

— Le jardin s'appelle comme ça, a expliqué Mme Forestier, à cause du cercle parfait de tulipes qui pousse au milieu. Nous l'appelons le « cercle enchanté du manoir ». Vous êtes venues au bon moment de l'année. Les

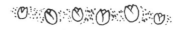

tulipes sont en fleur et elles sont superbes, même si leurs couleurs ne sont pas aussi vives que l'année passée.

Une fois leur déjeuner avalé, les fillettes ont demandé à leurs parents si elles pouvaient aller explorer le jardin. Les deux familles étaient arrivées la veille au soir. Karine et Rachel avaient hâte de découvrir le jardin sous la chaleur du soleil matinal.

Depuis la salle à manger, les jardins sont très beaux. Il y a des cerisiers en fleurs, des roses et des blancs, de grandes pelouses verdoyantes et des massifs de fleurs colorées.

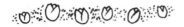

— Bien sûr que vous pouvez y aller, a dit M. Taillon. Assurez-vous de rester sur la propriété.

Mme Forestier a suggéré aux fillettes de suivre le sentier qui serpente au milieu des arbres à l'arrière du parc du manoir.

— Il mène à un jardin entouré d'un mur en pierre avec un portail sur le côté.

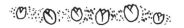

Le Jardin des fées est là, a-t-elle précisé.

Les deux amies ont suivi ses explications. Maintenant, Rachel lève le loquet et pousse avec enthousiasme le portail du jardin.

— Nous l'avons trouvé! s'exclame-t-elle.

Les fillettes entrent dans le jardin clos.

— C'est superbe, s'émerveille Karine à la vue du mur couvert de roses grimpantes et d'une vieille fontaine en pierre dans un coin.

— C'est exactement le genre d'endroit où viendraient de vraies fées, ajoute Rachel en souriant.

Elle montre du doigt un massif de tulipes aux couleurs jaune et orange :

— Ce doit être le cercle enchanté du manoir!

Les fleurs aux couleurs vives poussent dans une zone herbeuse au beau milieu du petit jardin paisible.

— Comme c'est joli! dit Karine.

Elle s'approche pour voir les tulipes de plus près et remarque que certaines commencent à se faner.

Elle s'arrête et écoute attentivement.

— Rachel, entends-tu quelqu'un pleurer? chuchote-t-elle.

Rachel s'immobilise et tend l'oreille. Puis elle hoche la tête. Elle aussi entend des sanglots étouffés.

— Je ne vois personne. Qui cela pourrait-il être? répond-elle dans un murmure.

Les deux fillettes regardent tout autour du petit jardin. Il n'est pas assez grand pour offrir de nombreuses cachettes. Puis, alors que Karine passe à côté du massif de tulipes, elle s'arrête soudainement. Elle entend mieux les sanglots à cet endroit. Ils semblent venir des tulipes mêmes.

Karine regarde à l'intérieur de la tulipe la plus près et elle pousse un petit cri. Une minuscule fée est assise dans la fleur, le visage caché dans ses mains.

Karine fait un signe à
Rachel, puis elle
s'agenouille près de la
fleur.

— Bonjour, dit-elle
gentiment. Je
m'appelle Karine. Que
se passe-t-il?

La fée ravale ses pleurs et
relève la tête. Elle a de longs cheveux
bruns bouclés et porte un joli ensemble
orange et blanc, de petites ballerines
orange et un pendentif en forme de tulipe
autour du cou.

— Bonjour, répond-elle tristement. Je
m'appelle Téa. Je suis la fée des tulipes et
je cherche mon pétale magique.

— Bonjour Téa, dit Rachel en
s'accroupissant à côté de Karine. Nous

pouvons t'aider à trouver le pétale. Nous avons déjà aidé de nombreuses fées.

Téa regarde Rachel puis Karine, et son visage s'illumine.

— Rachel et Karine? J'ai entendu parler de vous! s'écrie-t-elle. Heureusement que vous êtes ici!

Karine lui sourit.

— Qu'est-il arrivé à ton pétale? demande-t-elle. Comment l'as-tu perdu?

Téa se relève et dit :

— C'est une longue histoire. Je vais avoir besoin d'un peu d'aide pour vous la raconter.

Tout en parlant, elle répand une poignée de poussière magique orange sur les fillettes. En un rien de temps, Karine et Rachel rapetissent et prennent la taille de Téa.

— Nous sommes des fées! s'exclame Rachel en agitant ses ailes chatoyantes avec ravissement.

Puis elle remarque que le Jardin des fées devient de plus en plus flou.

Elle a juste le temps de saisir la main de Karine avant de se sentir aspirée dans les airs.

— Où allons-nous? crie-t-elle avec excitation.

— Au Royaume des fées, bien sûr! répond Téa avec un sourire.

Les voleurs de fleurs

Au bout de quelques minutes, les fillettes ont l'impression de ralentir, puis elles atterrissent devant le palais du Royaume des fées. Ses tours et ses tourelles resplendissent au soleil. Le roi et la reine les attendent avec un groupe de fées que Karine et Rachel ne reconnaissent pas.

— Bonjour, Vos Majestés, dit Karine avec une petite révérence polie.

Elle est déjà venue de nombreuses fois au Royaume, avec Rachel, pour aider les fées, mais le roi Oberon et la reine Titania l'intimident encore.

Le roi et la reine lui sourient.

— Nous sommes si heureux de vous

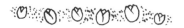

revoir! dit le roi aux fillettes.

— Vous arrivez juste à temps, ajoute la reine.

— Qu'est-il arrivé? demande Rachel.

Le sourire s'efface sur le visage du roi.

— Je crains que le Bonhomme d'Hiver n'ait recommencé ses vilains tours, explique-t-il d'une voix sérieuse. Cette fois-ci, il s'en est pris aux fées des fleurs.

Rachel et Karine échangent des regards consternés. Le Bonhomme d'Hiver cause toujours des problèmes dans le monde des fées.

— Qu'a-t-il fait cette fois-ci? demande Karine en fronçant les sourcils.

La reine Titania prend la parole :

— Il était fâché parce qu'aucune des magnifiques fleurs du Royaume des fées ne pousse autour de son château de glace. Alors, il a envoyé ses gnomes voler les pétales magiques des fées des fleurs dans l'espoir que la puissance de la magie résolve le problème.

— Voici nos fées des fleurs, dit le roi en les présentant une à une. Vous avez déjà rencontré Téa, la fée des tulipes. Voici Claire, la fée des coquelicots, Noémie, la fée des nénuphars, Talia, la fée des tournesols, Olivia, la fée des orchidées, Mélanie, la fée des marguerites et Rebecca, la fée des roses.

Les fées des fleurs adressent toutes un petit sourire de bienvenue à Karine et à Rachel qui remarquent leur air triste.

— Allons au bassin magique! suggère la reine. Nous pourrons vous montrer ce qui s'est passé.

Les fillettes suivent les fées à travers les jardins du palais jusqu'au bassin magique. La reine agite sa baguette au-dessus de l'eau qui se met à miroiter avec toutes les couleurs de l'arc-en-ciel tandis qu'une image se forme à la surface.

Karine et Rachel regardent attentivement les images qui apparaissent : elles voient plusieurs gnomes du Bonhomme d'Hiver entrer furtivement dans les jardins du palais. Le soleil vient de se lever et l'un des gnomes bâille à s'en décrocher la mâchoire.

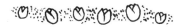

— Voici notre maison, explique Téa en montrant une grande pagode.

Les gnomes s'avancent sur la pointe des pieds en direction de cette jolie habitation rose à quatre étages dont les petits balcons et le toit dorés brillent sous les rayons du soleil.

— Nous dormons aux trois derniers étages, dit Talia, et nous gardons les pétales magiques au rez-de-chaussée.

— Tu veux dire que nous les *gardions*, ajoute tristement Olivia. Jusqu'à ce matin…

Les fillettes regardent les gnomes se faufiler dans la pagode. Peu

après, ils en ressortent, l'air triomphant,
tenant à la main sept pétales colorés,
chacun de la taille d'une petite crêpe.

— Le Bonhomme d'Hiver va être
content de nous quand nous les
apporterons au château de glace, ricane le
premier gnome en agitant un pétale
orangé au-dessus de sa tête.

Téa laisse échapper un petit cri en le
voyant.

— C'est mon pétale magique!
Regardez comment il l'agite en tous sens!
crie-t-elle. Il n'en prend pas
soin du tout!

Rachel serre la main
de Téa pour la
réconforter tout en
regardant ce qui s'est
passé. Les autres
gnomes prennent un air

stupéfait lorsqu'un flot de tulipes orange
s'échappe du pétale magique de Téa. Les
tulipes vont se planter toutes seules au pied
d'un arbre.

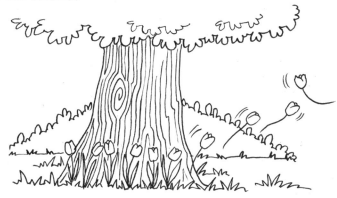

— Hé! crie un gnome au nez
particulièrement long. Comment as-tu fait
ça?

Le gnome qui tient le pétale orange
s'arrête et fixe le massif de tulipes qui vient
d'apparaître.

— Je l'ai juste agité… dit-il surpris.
Comme ça.

Il secoue de nouveau le pétale et un

autre flot de tulipes, roses cette
fois-ci, apparaît. Les fleurs vont
se planter non loin des
premières.

— Super! dit le
gnome au long nez.

Il tient un
pétale jaune à
la main et le
regarde avec
curiosité.

— C'est le
mien, précise
Talia, la fée des
tournesols, à
Karine et à Rachel
tout en fronçant les
sourcils.

Le gnome au long nez

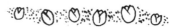

secoue le pétale jaune et, quelques secondes plus tard, une touffe de tournesols surgit à ses pieds. Il fait un bond en arrière et ricane.

— C'est formidable! s'exclame-t-il tout excité. Où pourrions-nous planter d'autres fleurs? Peu après, tous les gnomes jouent avec les pétales magiques.

Des fleurs mauves poussent autour des
troncs d'arbres, des fleurs rouges
s'épanouissent près d'un ruisseau et une
grande marguerite blanche apparaît sur la
tête d'un gnome!

La reine, debout à côté du bassin
enchanté, secoue la tête.

— Et pendant que ces gnomes jouaient
avec les pétales magiques, dit-elle d'un
ton désapprobateur, nos fées des fleurs se
sont réveillées et ont constaté que leurs
pétales avaient été volés.

— Et nous voulons les
récupérer! déclare
Rebecca, la fée des
roses.

— Tant que
les pétales
magiques sont

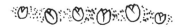

en sûreté dans la pagode, explique Noémie, la fée des nénuphars, nos baguettes sont automatiquement chargées avec la magie des pétales chaque matin. Bien sûr, cela ne s'est pas produit ce matin parce que nos pétales avaient déjà disparu. Cependant, il nous restait un tout petit peu de magie. Alors, nous l'avons utilisée pour jeter un sort et faire revenir nos pétales magiques.

Dans le bassin, Karine et Rachel voient l'effet de la magie des fées. Les pétales s'envolent des mains des gnomes. Un vent magique les transporte vers les fées en un courant rose étincelant très haut dans les airs.

Les gnomes semblent affolés.

— Vite, récupérez-les! crie l'un d'eux en se précipitant vers les pétales.

Les autres le suivent, courant et sautant pour essayer d'attraper les pétales flottants.

— Le Bonhomme d'Hiver sera fâché s'il apprend que nous les avons laissés partir, dit l'un des gnomes hors d'haleine.

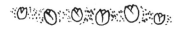

Une voix glaciale retentit :

— Absolument!

À ce moment-là, Karine et Rachel remarquent que le Bonhomme d'Hiver vient d'apparaître derrière les gnomes. Il a l'air furieux.

Le Bonhomme d'Hiver marmonne quelques mots magiques, puis il agite sa baguette dans les airs et envoie un éclair glacé sur les pétales.

La magie des gnomes

Boum! La magie du Bonhomme d'Hiver entre en collision avec la magie des fées des fleurs et cause une énorme explosion de pétales roses et de flocons de neige blancs et argentés éblouissants. Les pétales magiques volent dans toutes les directions comme des étincelles. Puis ils disparaissent.

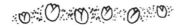

— Où sont-ils allés? demande Rachel.

Les fées des fleurs échangent des regards.

— C'est ça le problème, répond Téa.

— Ils sont dispersés dans le monde des humains, explique le roi. Mais nous ne savons pas où exactement.

— Nous allons vous aider à les retrouver, dit immédiatement Karine.

Elle frissonne de plaisir à l'idée d'une autre aventure féerique.

Le roi et la reine sourient aux fillettes.

— Nous espérions que vous alliez dire ça, dit la reine

d'une voix chaleureuse. Sans les pétales,
les fées des fleurs ne peuvent pas faire
pousser de nouvelles fleurs.

— Et les fleurs qui sont déjà ouvertes
se fanent plus rapidement, ajoute
le roi d'une voix triste.

— C'est terrible, dit
Karine.

Elle a de la peine
à imaginer à quoi
ressemblerait le
monde s'il n'y
avait pas de fleurs.
Les jardins du
Manoir aux cerisiers
seraient comme
abandonnés et son
propre jardin, chez elle,
n'aurait plus de couleurs!

— Nous allons faire notre possible pour vous aider à retrouver les pétales magiques, promet Rachel aux fées des fleurs.

La reine agite sa baguette au-dessus du bassin.

— Il ne reste plus qu'une chose à vous montrer avant votre départ…

Karine et Rachel s'approchent du bassin dont la surface colorée ondule. L'image change. Maintenant, elles voient le Bonhomme d'Hiver dans la grande salle de son château de glace. Il demande à ses gnomes de trouver les pétales magiques :

— Je vous ordonne de rester ensemble, dit-il fermement. Faites tout ce qu'il faut pour me rapporter ces pétales. Vous pourrez utiliser ceci…

Il tend une baguette magique au gnome le plus près. Le gnome saisit la baguette argentée étincelante avec un sourire malicieux.

— Cette baguette est chargée avec ma magie puissante, explique le Bonhomme d'Hiver. Je vous la donne pour m'assurer que vous ne serez pas bernés par ces fées une fois de plus. Ne me décevez pas!

Les gnomes hochent la tête avec enthousiasme.

L'image s'estompe et le roi reprend la parole :

— Vous devez faire très attention, les prévient-il. Les gnomes resteront en groupe et ils auront une baguette chargée avec la magie du Bonhomme d'Hiver. Ils pourraient causer toutes sortes de problèmes.

Rachel hoche la tête solennellement.

— Nous ferons attention, promet-elle en se mordant la lèvre.

Puis, Téa s'avance et dit :

— Je croyais que mon pétale de tulipe était près du Manoir aux cerisiers. C'est pour ça que j'y suis allée ce matin. Nous devrions peut-être commencer les recherches à cet endroit.

— Bien sûr! dit Karine.

Claire, la fée des coquelicots, hoche la tête.

— Une fois que ce pétale sera retrouvé, au moins les tulipes seront hors de danger.

Elle se tourne vers les fillettes et ajoute :

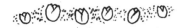

— Chaque pétale protège sa propre fleur et les fleurs d'une certaine couleur. Alors, le pétale orange de Téa fait non seulement pousser les tulipes, mais il fait aussi pousser toutes les fleurs orange, comme les soucis. Quand les sept pétales magiques seront de nouveau en sécurité au Royaume des fées, ils pourront faire pousser les fleurs du monde entier!

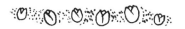

Karine et Rachel se retournent vers Téa.

— Qu'attendons-nous? demande Rachel avec un grand sourire.

— Retournons au Manoir aux cerisiers et commençons nos recherches! ajoute Karine.

Téa sourit avec gratitude. Puis elle agite sa baguette qui envoie une nuée de poussière magique tourbillonner autour d'elles. Karine et Rachel ont juste le temps de saluer de la main le roi, la reine et les fées des fleurs avant d'être happées par un tourbillon étincelant.

Les fillettes sont en route vers une nouvelle aventure féerique!

Une pluie de pétales

Quand le tourbillon magique se dissipe, Rachel et Karine se retrouvent sur l'une des pelouses du Manoir aux cerisiers. Elles ont repris leur taille humaine.

Téa volette devant elles.

— Commençons à chercher! leur lance-t-elle en se dirigeant si vite vers le massif le plus proche qu'on distingue à peine ses ailes. Je suis sûre que le pétale magique de tulipe n'est pas très loin. Mon instinct me le dit.

Elles se mettent toutes les trois à examiner une série de massifs dans l'espoir de trouver le pétale orange vif. Téa voltige dans les airs, et Rachel et Karine contournent les massifs avec précaution. Karine remarque que certaines fleurs se fanent et que d'autres ne sont pas sorties du tout.

Téa voit Karine qui fixe la terre nue.

— Il devrait y avoir des tournesols ici, explique-t-elle aux fillettes, mais ils n'ont pas poussé parce que le pétale de tournesol est perdu.

Elle montre un autre espace vide et dit :

— De magnifiques coquelicots devraient pousser ici dans peu de temps, mais si Claire ne retrouve pas son pétale, alors…

Sa voix se brise et son visage devient triste.

Désemparée, Rachel regarde la terre nue. Elles doivent retrouver les pétales magiques au plus tôt!

Après avoir cherché dans tous les massifs, les fillettes et Téa se dirigent vers une rocaille.

Malheureusement, il n'y a aucune trace du pétale de tulipe magique et rien près de la fontaine à étages non plus.

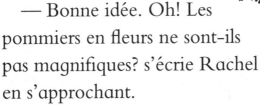

— Regardez, il y a un verger là-bas! dit Karine en le montrant du doigt. Est-ce qu'on devrait y aller pour voir?

— Bonne idée. Oh! Les pommiers en fleurs ne sont-ils pas magnifiques? s'écrie Rachel en s'approchant.

Téa et Karine acquiescent. Des gerbes délicates de fleurs blanches et roses garnissent les branches des arbres fruitiers.

— Et celui-ci est encore plus beau que tous les autres! dit Karine en montrant un arbre en pleine floraison tout près. Je me demande pourquoi il a autant de fleurs.

Une pensée lui vient à l'esprit et elle s'interrompt. Karine regarde Téa avec enthousiasme.

— Les pouvoirs magiques de ton pétale y sont peut-être pour quelque chose, tu ne crois pas?

Le regard de Téa s'éclaire.

— C'est possible, Karine. Allons voir de plus près!

Téa et les fillettes se précipitent vers le pommier en fleurs, mais elles s'arrêtent brusquement lorsqu'elles aperçoivent la bande de gnomes du Bonhomme d'Hiver au pied de l'arbre.

Les gnomes secouent le tronc de toutes leurs forces. Une pluie de pétales de fleurs tombe des branches du pommier comme des confettis.

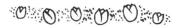

— Pourquoi font-ils ça? se demande
Rachel à voix haute.

— Mon pétale! Il est là-haut, dans
l'arbre! s'écrie Téa en montrant une
branche supérieure.

Rachel et Karine lèvent les yeux et
voient un pétale orange vif coincé dans les
plus hautes branches de l'arbre. Karine
remarque que le pétale magique est bien
plus grand qu'un pétale normal. Il est
presque aussi grand que sa main.

— Ils secouent l'arbre pour essayer de faire tomber le pétale! s'exclame Rachel. Nous devons mettre la main dessus avant eux!

Téa agite sa baguette au-dessus des fillettes qui commencent à rapetisser. Elles se transforment de nouveau en fées!

— Essayons de voler jusqu'au pétale sans nous faire remarquer, suggère Téa. Mais faites attention aux pétales qui tombent!

— D'accord, dit Karine en battant des ailes. Allons-y!

Accompagnée de Rachel, elle suit la

petite fée qui évite agilement les fleurs en mouvement.

C'est comme si on volait dans une tempête de flocons de neige au parfum subtil, se dit Rachel en fonçant vers la cime de l'arbre.

— Continuez de secouer! crie l'un des gnomes au pied de l'arbre. Il devrait tomber bientôt!

— Pas si on arrive les premières, murmure Karine qui bat des ailes de plus belle.

Elle est tout près du pétale, avec Téa et Rachel, quand elle entend une exclamation.

— Hé! Qu'est-ce qu'il y a là-haut?

Karine voit plusieurs visages grimaçants qui la dévisagent. Elle a été repérée!

Une formule ridicule

Les trois petites fées volent jusqu'au pétale, le saisissent et essaient de le dégager de l'arbre, mais il est coincé dans une branche.

Rachel voit qu'un des gnomes pointe la baguette magique du Bonhomme d'Hiver dans leur direction.

— Je crois qu'on devrait essayer de se

servir de cette baguette, dit le gnome à ses amis. Connaissez-vous de bonnes formules magiques?

— Inventes-en une! conseille un autre gnome. Dis quelque chose qui semble magique.

— Essayons de dégager le pétale! insiste Téa. J'ai un mauvais pressentiment.

Les trois fées secouent le pétale doux et lisse qui se libère soudainement de la branche.

— Allons-y! crie Rachel.

Mais avant qu'elles aient eu la chance

de s'envoler avec le pétale, le gnome à la baguette commence à réciter une formule.

— Fées casse-pieds, vous m'énervez! Je vais faire venir…

Il s'interrompt et hésite.

— Que devrais-je faire venir? demande-t-il à ses amis.

— Un vent qui va vous décoiffer! crie un gnome aux yeux méchants.

— Ça n'a aucune chance de marcher, bredouille Téa. Je n'ai jamais entendu une formule aussi ridicule.

— C'est peut-être une formule ridicule, Téa, dit Rachel d'un ton anxieux, mais je crois qu'elle fait effet!

Les trois fées poussent un cri d'effroi quand un courant d'air glacial sort de la baguette du Bonhomme d'Hiver, se dirige droit vers elles et les projette dans les airs.

— Tenez bon! crie Karine.

Mais le vent lui coupe la parole et lui arrache le pétale des mains.

Rachel et Téa sont incapables de tenir le pétale plus longtemps et les trois fées

sont poussées dans les branches d'un arbre voisin.

Impuissantes, elles regardent le vent emporter le pétale de tulipe de plus en plus haut dans les airs. Bientôt, il n'est plus qu'un petit point dans le ciel.

Karine s'appuie contre la branche sur laquelle elle a atterri et essaie de reprendre son souffle. Elle se demande ce qu'il faudrait faire maintenant. Le pétale est parti et c'est impossible de se lancer à sa poursuite dans une telle tempête.

Puis le mauvais sort perd de sa puissance, et le vent tombe.

— Vous allez bien? demande Téa aux fillettes.

Karine et Rachel hochent la tête et Téa pousse un soupir de soulagement.

— Cette baguette est plus puissante que je ne le croyais, dit-elle. Où est donc allé mon pétale?

Les trois fées scrutent le ciel en espérant apercevoir le pétale orange, mais en vain.

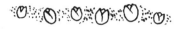

Puis Rachel remarque que les gnomes ont un comportement étrange tout en bas sur le sol.

Ils courent en décrivant des cercles, le nez en l'air. Elle suit leur regard et voit le pétale très haut dans le ciel; il flotte au-dessus d'eux et plane dans la brise.

— Regardez! Les gnomes l'ont repéré! crie Rachel aux autres. Vite!

Les trois fées foncent
vers le pétale en
espérant l'attraper
avant les gnomes.
Mais une fois de
plus, les gnomes les
remarquent.

— Jette un autre sort!
ordonnent-ils au gnome qui a la baguette.

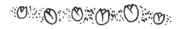

Karine se prépare au pire en le voyant pointer sa baguette vers elle et ses amies et prononcer une autre formule magique!

— Je demande un grand coup de vent glacial! Quand j'aurai compté jusqu'à dix, il va souffler en rafales!

Il se redresse, l'air satisfait, jusqu'à ce qu'un autre gnome lui donne un coup de coude.

— Vas-y! crie-t-il. Compte jusqu'à dix, espèce de nul!

— Ah oui! murmure le premier gnome.

— Un, deux, trois, quatre, cinq, six, sept, huit, neuf, dix! C'est parti! dit-il très vite avant de se mettre à ricaner.

Le mauvais sort

Rachel s'attend à ce qu'une rafale glaciale la frappe de nouveau. Elle ose à peine regarder, sachant qu'elle va être encore balayée par le vent.

Mais à sa grande surprise, elle entend Karine et Téa éclater de rire. Elle observe ses amies et suit leur regard pour trouver une explication : elles se moquent des gnomes!

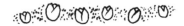

Une fois encore, un vent glacial
s'échappe de la baguette, mais cette
fois-ci, il n'est pas dirigé contre les fées.

Le gnome qui tenait la baguette ne s'est
pas rendu compte qu'il la tenait à l'envers.

Le vent qu'il destinait aux fées souffle
maintenant dans la direction de ses amis

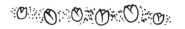

et de lui-même!

— Au secours! crient-ils tandis que la
tempête de vent les balaie et les fait
culbuter. Que se passe-t-il?

Karine se réjouit. Avec l'aide de ses
deux amies, elle s'empare du pétale
magique qui vient d'atterrir dans l'herbe.

Téa agite sa baguette et redonne au pétale la taille qu'il avait au Royaume des fées.

Puis, le pétale à la main, elle file dans les airs et fait des pirouettes pour manifester sa joie.

— C'est merveilleux d'avoir retrouvé mon pétale! dit-elle rayonnante. Je vous remercie du fond du cœur, les filles!

— Il n'y a pas de quoi, répond Rachel en souriant. C'était un plaisir, Téa!

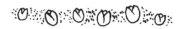

— Je ferais mieux de rapporter mon
pétale au Royaume des fées maintenant,
dit Téa. Mes sœurs seront si contentes!

Elle vole au-dessus de Karine et de
Rachel et les asperge d'une poussière
magique orangée qui les
transforme de nouveau
en fillettes.

— Merci encore,
dit Téa d'une voix
chantante. À bientôt!

— Au revoir, Téa!
répond Karine alors
que la petite fée
disparaît dans un nuage
magique orangé.

— Nous nous sommes bien amusées,
dit joyeusement Rachel en traversant le
verger.

— Oui, c'est vrai, acquiesce Karine,
mais j'espère que les gnomes ne vont pas
améliorer leur technique pour lancer des
sorts. Ça m'inquiète vraiment qu'ils aient
une baguette magique à leur disposition
maintenant.

Les fillettes quittent le verger et
empruntent un sentier pour retourner à
l'hôtel. Alors qu'elles passent devant un
grand massif de fleurs, elles entendent des

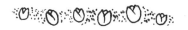

voix en colère. Curieuses, elles jettent un coup d'œil dans le buisson et voient tous les gnomes entassés les uns sur les autres!

Karine et Rachel échangent un regard et éclatent de rire.

— Ça va leur prendre du temps pour sortir de là, dit Karine en pouffant de rire.

Les deux amies traversent la pelouse de l'hôtel quand Rachel s'arrête brusquement et donne un coup de coude à Karine.

— Regarde, Karine! s'exclame-t-elle en montrant l'un des massifs de fleurs. Ces tulipes semblent plus épanouies qu'avant.

Karine se retourne pour les voir. Son
amie a raison. Les tulipes sont bien droites
et leurs couleurs sont plus vives et plus
fraîches qu'avant. Karine sourit et ajoute
à voix basse :

— Et regarde ces tulipes orange! Elles
n'étaient pas là tout à l'heure.

— Elles sont magnifiques, reconnaît
Rachel.

— Mais il y a encore beaucoup
d'espaces vides dans le jardin, fait
remarquer Karine. J'espère que nous
allons bientôt trouver les autres pétales
magiques.

Rachel hoche la tête.

— Ce qui est sûr, dit-elle en donnant
le bras à son amie, c'est que nous allons
avoir une semaine passionnante!

L'ARC-EN-CIEL magique

LES FÉES DES FLEURS

Téa, la fée des tulipes, a récupéré son pétale. Maintenant, Rachel et Karine doivent aider

Claire,

la fée des coquelicots!

Voici un aperçu de leur prochaine aventure!

Livraison spéciale

Karine Taillon finit de savourer un bol de céréales et de fruits.

— J'adore le Manoir aux cerisiers! dit-elle avec un soupir joyeux.

Elle est assise à la terrasse ensoleillée de l'hôtel avec sa meilleure amie Rachel Vallée et leurs parents. Les deux familles passent le congé de mars dans un vieux manoir superbe qui a été transformé en hôtel. Le ciel est bleu et, dans les jardins, les cerisiers sont en pleine floraison.

— Ces fleurs blanches et roses sont si jolies, reconnaît Rachel.

— Avez-vous trouvé le Jardin des fées hier? demande Mme Taillon.

— Oui, il est magique! répond Rachel en échangeant un sourire avec Karine.

— Qu'allez-vous faire aujourd'hui toutes les deux? demande M. Vallée.

— Nous aimerions explorer l'intérieur du manoir, dit Rachel avec enthousiasme.

— J'ai vraiment hâte de voir tout ça, ajoute Karine. Maman, est-ce que nous pouvons…

— Oui, vous pouvez quitter la table si vous avez fini, dit Mme Taillon en riant.

Rachel et Karine quittent le restaurant et suivent l'un des couloirs sinueux du manoir.

Elles arrivent à la réception de l'hôtel, une vaste pièce meublée d'une grande table en bois et décorée de vitraux. À ce moment-là, un homme en uniforme bleu ouvre la porte d'entrée, chargé d'une énorme corbeille de fleurs.

Rachel regarde les fleurs. Soudain, son cœur bat la chamade.

— Karine, murmure-t-elle, j'ai vu des étincelles magiques rouges dans cette corbeille!

— Oh! s'exclame Karine, enchantée.

Les deux fillettes s'approchent en hâte. Quand elles sont tout près, elles voient une autre pluie d'étincelles rouge vif et une fée minuscule sortir du cœur d'un coquelicot écarlate.